KB070921

냉이하고 놀았다

냉이하고 놀았다

—

초판 1쇄 2018년 1월 10일
지은이 김미향
펴낸이 김영재
펴낸곳 책만드는집

—

주소 서울 마포구 양화로3길 99 4층 (04022)
전화 3142-1585·6
팩스 336-8908
전자우편 chaekjip@naver.com
출판등록 1994년 1월 13일 제10-927호
ⓒ 김미향, 2018

—

ISBN 978-89-7944-642-5 (04810)
ISBN 978-89-7944-354-7 (세트)

책 만 드 는 집   시 인 선 1 0 3

냉이하고 놀았다

김미향 시집

책만드는집

한때, 꽃가게 주인이고 싶었던 적이 있었습니다. 부자를 꿈꾼 적도 있습니다. 그 후 귤나무와 함께 혹한과 폭염을 견디면서 차츰 삶의 너비와 깊이에 대하여 생각하게 되었습니다. 눈에 보이는 것은 단순히 눈에 보이지 않는 것을 향하게 하는 징검돌에 불과하다는 것, 삶이 쓰리고 고달픈 것이 되레 생각의 깊이를 더하게 한다는 것도 깨닫게 되었습니다.

새파란 하늘이 우리 귤밭 가득 쏟아집니다. 크고 작은 생명들이 사시사철 소홀함 없이 이곳으로 찾아오곤 합니다. 그리고 저들은 온종일 한마디도 하지 않고 밭일하는 나에게 다가와 생각의 말벗이 되어주었습니다.

오늘도 앞치마에 면장갑 두 켤레 포개 끼고 조생 감귤을 수확했습니다. 새콤달콤한 친환경 열매들이 우리 이웃의 식탁에 오르듯, 친환경 농법으로 익힌 나의 시집이 저들 머리맡에 놓이는 꿈을 꾼답니다.

등단 7년에 이르러서야 사랑하는 나의 가족과 이웃들에게 건네줄 선물이 생겨 기쁩니다. 든든한 시조 가족 젊은시조문학회 회원들의 성원에 감사드립니다. 그리고 마음 같아서는 우리 귤밭에 사는 모든 것들, 나무, 새, 그중에도 겨울 앞에 떨고 있는 친구 냉이에게 다가가 모처럼의 『냉이하고 놀았다』를 속삭여주고 싶습니다.

2017년 늦은 가을에
김미향

| 차례 |

1부 꽃들의 민박집에

2부 민달팽이의 길

3부   새바람꽃

4부　영남동 할미꽃

1부

꽃들의 민박집에

금낭화

실핏줄 선명한
하얀 등을 내보이며

양 갈래 땋은 머리
목욕탕집 셋째 딸이

마당에 쪼그려 앉아
동전 세고
있었다

민들레 눈높이로

들풀과 나란히 앉아 점심을 먹는 봄날
햇볕이 다가와서 따뜻하게 말을 거네
눈높이 어깨 높이를
민들레에 맞추며

이럴 때 봄볕 살갗엔 솜털 송송 솟아 있어
사람, 시간, 물 한 방울을 네 몸처럼 아끼라며
노랗게 민들레 송이가
내 눈에다
맞춘다

네 향기가 찡하다

소한 지난 텃밭에서 화초를 손질하다
보랏빛 이파리 속에 더듬이를 곧추세운,
파르르 바람에 떠는 냉이꽃을 보았다

쇳소리 반쯤 섞인 겨울철 제주 바람
용케도 피했구나, 잡초의 기질만으로
자꾸만 몸을 낮추며 목소리도 낮추며

텃밭에 살아남아 깃발을 올리리라
산 넘고 강을 건너 입춘은 아직 먼데
제일미! 봄을 깨우는 네 향기가 찡하다

꽃들의 민박집에

감귤밭 민박집에 꽃들이 다녀갔다
별꽃이 가고 나자 매화가 뒤를 잇고
명자가 머물다 간 자리 무스카리 들었다

다국적 꽃들조차 환영받는 민박집에
따뜻한 남향으로 오순도순 둘러앉아
삼겹살 소주 한잔에 한통속이 되었지

손짓 발짓 눈짓이면 손짓 발짓 눈짓으로
"오케이 땡큐!" 하면 "오케이 땡큐 땡큐!"
파란 눈 빨간 머리도 토종들과 통하는,

아쉬워라 일박 이일 판 벌려 앉았던 자리
울안에 넘쳐나던 그 향기가 그리웠나
이 년 전 프리지어가 친구들과 또 왔어

겨울 민들레

하루에 열두 번씩 접었다가 또 폈다가

변덕스런 날씨에 심통이 났던 게지

말문 연 사회 초년생 하소연이 저랬어

하루를 웃기 위해 삼백예순날 참아내듯

천 리를 날기 위해 뼛속까지 비워내듯

다 떠난 겨울 텃밭에 모닥불을 지피네

냉이하고 놀았다

사람도 없는 곳에
향기 솔솔 피우던 그대
이 봄날 민낯에도
부끄러움 모르던 그대
엎디어 눈을 맞춰도
본척만척하는
그대

바닥에 빌붙어 살아도
초록빛이 진한 그대
사람에 짓밟혀도
꽃대 다시 내미는 그대
귤나무 가지를 치우다
냉이하고
놀았다

동박새 겨울비에

하루는 비였다가 하루는 눈이다가
월화수목 금금금 눈비마저 멀미 나는
중문동 귤밭 고지엔 마를 날이 없어라

장마철에 집 나간 먼 친척뻘 누이가
갓 헹군 은빛 쟁반 속눈썹 그리고서
온다는 기별도 없이 귤밭으로 찾아와

메뚜기 한철이면 동박새도 한철일 뿐
과즙 쭉쭉 빨다가 찡찡 울며 나는 새야
비 그친 나무 아래서 지친 깃을 말리는

제비꽃

줄 맞춰 산 적 없고
터 잡아 산 적 없다

사월 바람결에
안부 슬쩍 던져놓고

푸른빛 햇살만 골라
돌담 틈에 피어서

지지배배 지지배배
녹음 파일 돌리는 저 꽃

산 넘고 물을 건너
딸부잣집 자매들도

귀 쫑긋 입을 모으고
고향으로 오겠지

갓 눈뜬 강아지처럼

혀 빼물고 널브러진 텃밭 강아지풀
움켜쥔 뿌리마저 버팀 없이 내어주며
후렴구 셋째 마디를 길게 빼어 뽑는다

높았거나 낮았거나 음치는 서러운 법
샤우팅 창법으로 음정 박자 무시한 채
보란 듯 성긴 생애를 밭두렁에 펼친다

산에 들에 풍년이면 울안에도 풍년인 거
작년에 왔던 자리 올해 다시 찾아와서
갓 눈뜬 강아지들이 마당으로 덤빈다

물 위에 석류 송이만

도마뱀 두 마리가 양동이에 들어왔다
하반신 물에 담그고 서로에게 기댄 채
한여름 삼복더위를 느긋하게 즐기며

어디에서 왔을까
누가 먼저 꼬드겼을까
지그시 눈을 감고
사랑을 음미하는
'두란노' 부부교실을 엿보았던 것 같다

하룻낮 하룻밤에 만리장성 쌓았을까
간다는 인사 없이 온다는 약속도 없이
물 위에 석류 송이만 남겨두고 떠났다

낙화기

진즉에 알아봤지
십중팔구 헛꽃인 걸

오월 미풍에
소리 없는 이별이듯

감귤꽃 진한 향기만
거미줄에
맺혔네

쥐똥

한라봉 하우스에
누가 농사짓나 보다

한 뼘 이랑 위에
콕콕 찍힌 호미 자국

설치류 까만 씨앗이
오늘
싹이 틀 거다

호박손의 가을

길림성 새댁이 아침 인사 오셨나
솜털 보송보송 꽃술 길게 내밀며
노랗게 조선족 말투가 마당 안을 밝힌다

헛손질 서너 번에 묶여버린 역마살처럼
금줄 하나 넘지 못해 가을볕에 목이 타는
넝쿨손 성대를 풀어 가다듬는 저 목청

전화선 줄기 따라 더듬대던 타향살이
연년생 연작에도 토실하게 살이 오른
또 한번 만삭의 가을을 고향으로 띄운다

초겨울 감귤밭에

중문동 날짐승은 시절까지 읽는구나
곰보빵 일곱 개를 깜빡할 새 채어 가서
저들만 벌인 잔치에 나는 쫄쫄 굶었지

초겨울 감귤밭에 하늘 가득 몰려와서
샅샅이 점심 그릇 반찬 뚜껑 뒤지더니
물기 밴 울음소리가 촛불처럼 번지고

손목을 분지르고 눈도 귀도 분지르고
돌부처도 돌아앉아 애간장 녹이는 계절
광화문 붉은 함성이 여기까지 들렸다

詩들어도 달았어!

한라봉 택배 상자에 시든 귤이 들어갔다

열두 정성 다 모아서 시든 열매를 골랐는데

"뭐, 詩가 들어갔다고…?"

새소리로 웃는다

"날씨가 변덕이라 올해 농사 흉작이야…"

한 줄 문자에다 중문 소식 전해주자

"그래도 너의 詩처럼

시들어도 달았어!"

한라봉 이야기 1

비 한 방울 내리지 않는 올여름이 야속하다
한 달째 폭염주의보가 폭염경보로 바뀐 오늘
한라봉 매달기 작업에 살이 푹푹 익는다

일 자랑 글 자랑 나만 혼자 하고 싶어
핸드폰 문자마저 여기저기 끊긴 날들
일일이 캐묻지 않는 문우들이 고맙고

소소한 일인칭의 독백들도 다 끊겼다
나무에 붙어 우는 입추 무렵 매미처럼
온종일 나무에 대고 엉엉 울고 싶어라

타향에서 보내온 친지들 안부 같은
강아지풀 꼬리 끝에 송송 맺힌 이슬 같은
한라봉 향 깊은 열매…, 그런 시도 쓰고파

한라봉 이야기 2

조만간 땅에 묻혀 두엄으로 화할 육신
한 발로 딛고 서서 땅에 바싹 힘을 주는
일 미터 사다리 높이가 천 길 벼랑이구나

일하는 이 순간은 움직이는 엔진이다
부끄럽게 떠올리는 농사꾼의 보따리도
차라리 노동 앞에선 눈웃음을 친단다

먹을 것 입을 것은 그다음 일이라고
비루한 빚쟁이처럼 변명 쏟아붓는 오후
벽처럼 갈라진 발이 쩍쩍 입을 다신다

한라봉 이야기 3
-아들 이현목 상병에게

열매와 가지를 일으켜 세우는 일
한곳에 머물지 말고 고루고루 나누라고
어미가 손을 보태어 도와주고 있단다

오랜 그늘 속에 배고픈 한라봉 열매
나일론 끈에 묶어 햇볕을 영접하는 순간
연둣빛 어린 열매가 심호흡을 하는 걸

양분을 충전하는 팔월은 은둔의 계절
물 주고 정을 주면 수박만큼 자랄 것 같아
까맣게 그을린 채로 하늘 향해 웃었다

국방부 시계 같은 그 충직한 태엽을 따라
지금은 조국의 아들 근무 일지 다 채우고
예비역 육군 병장도 내 품으로 오겠지

한라봉 이야기 4

이 리터 물 마시고 사 리터 땀을 쏟는
복중 하우스에 숨이 턱턱 막히는 오후
나 나 나, 초록 손들이 나의 손을 잡는다

시작이 반이라고? 웃기고 자빠졌네!
끈 하나 열매 하나 이 악물고 다진 나날
열네 동 연동 하우스가 고비사막 같구나

다디단 추수를 위해 휠 만큼은 또 휘리라
삼천리 방방곡곡 사랑의 택배를 띄우리라
글 농사 한라봉 농사에 친환경을 보태어

까치

아스라이 넘지 못할
투명한 철의 장막

이승과 저승 사이가
일 밀리의 거리라니…

'장수표' 농협 필름이
질기고도 길었다

할 일은 많고 많은데
할 일이 없다는 녀석

꿈 많은 창공 속으로
날아가다 떨어진 녀석

연미복 주름 구기며
하우스에 들었다

애벌레 날개 달기

한동안 비틀대다 무릎 짚고 일어서는
너를 본다, 영 점 오 밀리 미생의 터번을 쓴
고추 속 애벌레 녀석이
꿈틀대고 있었다

스멀스멀 방 한 칸을 가을볕에 내어주고
단청 곱게 입혀 물이 올라 고운 알몸
명주실 외나무다리에
대롱대롱거리며

청양 속에 들어서야 어른이 된다는구나
갈무리 가윗자루 용케 용케 비켜서서
초가을 젖은 속옷을
멍석에다 말린다

2부

민달팽이의 길

밤의 의태어

천제연폭포에는
아빠 몰래 내려온

일곱 빛깔 처녀들
수다가 한창이다

풀어논 사금파리가
반짝반짝 빛나고

타고 온 렌터카는
물속에 잠겼는지

미녀들 웃음소리
그칠 줄 모르는 밤

벗어논 날개옷들만
출렁출렁 흐른다

부옇게 길을 허물며

후드득 빗방울이
토란잎을 치는 아침

튕겨 오른 시어들이
눈썹 위에 맺힌 아침

부옇게 길을 허물며
새 한 마리 난단다

인도와 차도 사이에

눈 감고도 알 것 같은 눈에 익은 길이지만
손길만 닿아도 답할 것 같은 섬이지만
안개 낀 야간 도로가 은하철도 같구나

길속에 따라 흐르던 불빛 같은 기억처럼
낯익은 이 길에서 길 잃고 헤매는 길
길과 나 차선을 긋던 경계선도 무너져

보일 듯 보이지 않는 차도와 인도 사이
숲과 목장 사이 길과 골짜기 사이
솔오름 아래 자락이 수묵화에 갇힌 날

왕초보의 길

시속 이십 킬로 저승길이 저만할까
중문에서 노형까지 삼십 분에 족한 거리
좌측에 새별오름이 유령처럼 다가와

숨 꾹꾹 죽이면서 앞차를 따라가네
또 누가 숨죽이며 우리 차를 따라오네
줄줄이 깜빡거리며 길도 숨을 죽이네

길이 풀릴 때마다 포개지던 발자국들
길이 묻힐 때마다 포개지던 발자국들
왕초보 내 인생길이 주춤주춤거린다

외래어 이정표 길에

왼쪽으로 돌릴까, 오른쪽으로 돌아서 갈까
외래어 이정표에 야행길이 더 불안해
애마도 낑낑거리며 내 눈치를 살핀다

로마로 통하는 게 길의 습성이라지만
가던 길 돌고 돌아 다시 돌아 나온 이 길
쌍심지 치켜세워도 동서남북 모르는 길

실수 한 번쯤은 부처님도 하는 거야
초행의 길 끝으로 노란 별이 다가와서
중문동 천백도로를 앞서가고 있었다

아차! 제주 하늘

바퀴가 활주로에 막 닿으려는 순간
채석강 어루만지던 손길 살짝 거두시고
기체를 흔들어대며 내 발목을 또 잡아

고양이 손이라도 빌리고 싶었다며
환장할 귤 수확 철 뭍 나들이 웬 말이냐
머리를 풀어 헤치고 회초리를 치신다

감당할 만큼은 베푸시고 거두시는
가슴 한쪽 내밀고 두 팔 벌린 제주 하늘
한 쌍의 호랑나비가 달려와서 안기네

남원 가는 길

속도제한 육십 킬로 서귀포서 삼십 분 거리
핏빛 동백꽃이 길에 밟혀 더 아픈 길
귤 따는 가위질 소리로 부싯돌을 켜는 길

시동 걸린 역마살에 동쪽으로 핸들을 틀면
남원 바다에서 울렁이던 그리움처럼
붉도록 잎을 떨구는 나무들이 있었네

한 잎 주워 들어 도서관 길을 묻다
빨간 잎맥 따라 실핏줄로 다가온 길
도서관 등나무 아래 푸른 등을 켜던 너

남원 가는 길엔 길벗들도 참 따뜻해
큰엉바다 저 멀리서 삼삼오오 따라오던
아파도 고운 빛들이 자꾸 눈에 밟힌다

달팽이의 집

방 안으로 들어온 동양달팽이 두 마리
흙에서 살다가 흙마저 팽개치고
'로라'가 버리고 갔던 그 인형의 집으로

하얀 것은 하얀 똥
빨간 것은 빨간 똥
하양 빨강 주는 대로 하양 빨강 똥을 싸며
단순한 반복 행동에 완벽하게 적응한

윤나게 궁굴리던 손때 묻은 저 생애여!
눈에서 멀어지면 마음에서 잊었는가
나선형 계단을 따라 빈칸들을 채운다

민달팽이의 길 1

각목 끝 민달팽이 갈 길이 막혀 있네

촉수를 곤두세워 한 세상을 가늠하는

사느냐 또는 죽느냐 오래 고민 중이다

아픔도 참고 참으면 공처럼 둥글 거야

웅크리다, 웅크리다 몸을 날린 세상 바다

아파도 아닌 척하며

제 갈 길을

또

가네

민달팽이의 길 2

깨고 보면 한세상
사는 것이 똑같구나

늘리고 가늠해도
서쪽으로 사위는 길

동체로 착지를 한다
야행 촉을 세우고

시멘트 바닥에다
실크로드 길을 낸다

손도 발도 없이,
집도 절도 하나 없이

동아줄 그보다 환한
육필 한 획
그으며

오라, 종종종 소리 내며
– 올레 12코스 걸으며

마을 안길 '마농밭 할망' 혼자 사는 돌담 사이
사람 소리 바람 소리 넘실대는 봄의 소리
한적한 농촌 마을에 총천연색 생기가 돈다

"츠자와 졍 고맙수다" 환영하는 골목마다
종종종 소리 내며 내게로 오는 풍경
무심한 제주 사람도 사랑에는 약했어

오십 대 청년회장, 칠십 대 부녀회원
모락모락 피워내는 국수 국물 같은 동네
한바탕 휘돌던 바람에 차귀도가 휘청해

길 끊긴 자리에서 다시 생긴 돌을무늬
아이들 웃음소리 밀물 들듯 데리고
한장동 너른 벌판에 쫑알쫑알 내린다

비손 비손 하면서

햇살이 하도 고와 창문을 넘는 순간
똥파리 한 마리가 제트기 소리를 내며
방으로 쳐들어왔네, 제트기류 타고서

열어놓은 창문으로 햇살만 들어올까
열어젖힌 가슴으로 바람만 들어올까
얼떨결 들어온 창엔 저도 예쁜 싹인걸

한평생 산다는 게 오명 따위 쓰고도 남아
허울뿐인 경계에도 넘는 법은 있었구나
납작이 엎드린 채로
비손
비손
하면서

낚시

지렁이 미끼 끼워 포인트에 던졌단다

"톡 톡!" 입질에도 손맛이 짜릿하다

제대로 걸려들었다,

시조 한 수
.

.

.

피라미

딱따구리

졸린 눈 비벼가며
천수경을 외우던

주인 없는 밭에서
사미승이 목탁을 치네

백련암 법당 안에서
끄덕이던 그 사내

숭숭 깎은 머리에
동그란 탈모 자국

들릴락 들릴락 말락
안개 속 목탁 소리

또르르 또르르르르
詩의 창을 흔드네

3부
새바람꽃

매미들의 야간 회식

어젯밤 술자리에 남자들도 저러했다
목소리 키 재기가 늦은 창을 넘나들며
뜻 모를 재생 반복만 신호처럼 보낸 밤

길 건너 머귀나무도 해종일을 울었단다
맴맴 쓰르랑 맴맴 쓰르랑
맴맴맴맴 또 쓰르랑
똑같은 모스부호에 나무들도 지쳤지

섭리일까 숙명일까, 운다 운다 말을 하고
노래한다 노래한다 웃으며 지나지만
벙어리 냉가슴에는 불꽃들이 일었다

몇 순배 수다가 하늘 끝에 가 닿았고
진실의 목소리가 남김없이 드러날 때
가로수 매미 녀석이 먼저 취해 있었다

곶감

1

마지막 비행기 놓치고 발 동동 구르다가
추석보다 먼저 도착한 우체국 택배 상자
붉은빛 가을을 품고 내 딸 앞에 왔습니다

차례상 마지막 자리 홍동백서 앉을자리
현 조비 유인 강씨 촛불 밝혀 세운 자리
우리 집 한가위 제상이 가족처럼 곱습니다

2

하늘의 빛을 받고 땅에서 물을 얻어
거꾸로 매달려서 분이 곱게 필 때까지
천천히 안으로 삭힌 감주 한 잔 올립니다

떫떠름 육신의 옷을 한 올 한 올 벗어 던지고
붉디붉은 알몸으로 처마 밑에 흔들릴 때
농부도 하늘을 향해 붉은 손을 모읍니다

3
한 줌 갱엿을 위해 꾹꾹 눌러 기다렸을
가지 끝에 매달린 마지막 모정 한 알
절반쯤 마르다 지쳐 꿀집 한 채 짓습니다

강아지풀

출근길 돕는다고 대문을 열었더니
나보다 먼저 나간 강아지가 더 신났다
여태껏 어미로 알고 내 발등을 핥으며

대문 앞 코를 박고 쿵쿵대던 첫나들이
불러도 못 들은 척 등 돌리고 살겠단다
능숙한 돌담이라도 너무 높은 벽인걸

숨 할딱거리면서 졸래졸래 따라온다
줄지어 길게 늘어진 강아지풀 사이로
초록색 꼬리 하나가 유난스레 밟힌다

립스틱 바르다 말고

어디가 진실이냐 막무가내 따지다가
늦서리 한 방으로 풀이 죽은 명자나무
저기압 한랭전선이 저리 무서울 줄이야

조붓조붓 걷는 폼이 뭇 사내 다 녹일 듯
꽃이 피자마자 약속이나 한 것처럼
초록별 음표를 물고 아씨들이 납신다

그이의 감언이설에 깜빡 속고 말았다지
막도 오르지 않은 경칩 녘 관람석에
립스틱 바르다 말고 입을 뾰족 내민다

새바람꽃

비로소 사진작가 렌즈를 통해서야
수녀복 야생화가 제 모습을 드러내는
한라산 천육백 고지 발길 잦은 등반로

떨리는 목소리로 부르다 부르다 지쳐
미사보 둘러쓴 채 숨 고르기 하는 계절
오월의 불청객처럼 바람꽃이 피네요

"나 여기 있어요, 날 좀 봐주세요"
찢어진 꽃잎 한 장 바람에 날리며
한라산 새바람꽃이 가는 손을 잡네요

바다로 간 산수국

비어 있는 구석만 보면 그녀는 낙서를 했지
갈 여름 다 가도록 그늘진 곳을 찾아
잡곡밥 개다리소반에 수국처럼 앉더니

휘갈겨 쓰다 버린 한두 줄 낙서들이
폐가의 방구석에 초롱초롱 살아나서
사나흘 주린 눈빛으로 나를 보고 있었지

푸른 스머프가 바다로 떠나던 날
하늘빛 바닷빛 그리움의 빛깔을 모아
정갈한 시어 한 다발 띄워주곤 했었지

매화 진 후

매화 지고 난 자리 옹알이가 간지러워
만천하에 공개된 뜨거웠다, 밀교의 방
딱 한 번 절정의 순간, 씨앗에 가 닿은 뜻

가타부타 변명 따위 다시 뱉지 않으리라
화르르 비 그치면 드러날 생명의 빛
순순히 고백할 말들이 가지가지 넘친다

다디단 열매들은 남아 있는 자들의 몫
물러날 때를 아는 눈빛 누런 꽃잎이여
간절기 경계에 서서 봄을 먼저 맞는다

준비한 그릇만큼 준비한 크기만큼
온 천지 사방팔방 보태주고 덜어주다
덮다가 남은 햇살이 귤밭으로 쏟아져

황조롱이 떠났다

농사를 짓다 보면 수지맞을 때도 있다
가령, 황조롱이 멸종동물 만나는 일
날아와 품에 안기듯 잡히기도 한단다

번득이는 눈빛으로 시세를 스캔한다
공판장 귤값이 하한가를 쳤던 그날
매서운 세상인심에 다시 무너지는 오후

맹금의 자존은 귤밭 가득 뒹굴고
동그란 눈 굴리며 광주리를 나르던
노란 발 황조롱이가 내 품에서 떠났다

내 안으로 드신다

반은 땅속에서 반은 땅 위에서
그쯤 엄동이야 견딜 만큼 겪었지만
한 번 더 속는 셈 치고 용서할 수 있지만

오장육부 난도당해 강건체로 마르는 생
바람 좋고 햇살 좋고 해풍이면 더 좋아라
그게 네 운명이라면 나도 함께 마르리

참기름에 길들인 그대의 입맛에 따라
꼬들꼬들 씹히는 그대의 식감에 따라
이 봄날 무말랭이가 내 안으로 드신다

통화 내역 1

고모님 오만 원
고모부님 오만 원

땀 묻은 금일봉을 보내주신 사촌 언니

마지막 어버이날의
…
목소리가
떨렸다

통화 내역 2

어젯밤 꿈자리가 뒤숭숭하더구나
가 뵙고 싶었지만 사정이 여의치 않아
따뜻한 팥죽이라도 대신 사다 드려라

너무 적어 미안타
너무 적어 미안타
밀양에서 들려오는 꼬깃꼬깃 접힌 정성
사임당 올림머리로
눈시울을
붉혀요

별꽃 소식

"새로 찧었응께, 동상 쪼~까 먹어보소 잉"

한라봉 답례치곤
그 빛깔이 너무나 흰

영광 뜰 구수한 쌀밥
하우스에
넘
치
다

몸뻬

길 건너 클린하우스*에 별들이 떨어져 있네

귀 닳아 눈도 닳아
세상 뜨신 우리 할머니

우리네 두 칸 수납장
저기 와
서
계시네

팔다리 다 내주고
눈도 귀도 다 내주고

빈 몸뚱이 하나로 만경창파 건너와서

헤진 입 벌리고 누워
잠시 숨을
고르시네

* 쓰레기 분리수거장.

목련

빈 몸으로 왔지만
한 켤레쯤 챙겨야지

저승 옷도 저승 돈도 필요 없다 하시던

아버지 하얀 고무신
벗어놓고 가셨다

비곗덩이 동동 띄운
수제비가 먹고 싶어

얇게 민 밀가루 반죽
한 잎 한 잎 뜯어놓고

한소끔 잘 익은 냄비
밥상 위에 올리시네

매니큐어 바르는 까닭

울 엄니 손에는 손톱깎이가 필요 없어
뭉그러진 틈으로 반달만 키우시고
온전한 달님 하나를 품어본 적 없으니

화려한 보석까지 얹어놓은 마법의 성
지번도 필요 없이 들고 나는 그 영토엔
손끝만 살짝 닿아도 꽃이 되고 별이 돼

"부지런한 공덕은 하늘도 못 막는다"
가릴 것 다 가리고도 빛이 숨어 반짝이는
울 엄니 빼닮은 손톱에 매니큐어 바른다

4부

영남동 할미꽃

봄의 이중성

꽃밥 꿀밥 한가득,
해거리 한라봉나무

빈자와 가진 자를
잔인하게 갈라놓는…

몰라라 오월 햇살이
얄밉기도
하여라

자목련

겉과 속 다르다고
엄살떨지 마시라요

한두 겹 털어내며
속 내보이는
사내

칠 일째 인력회사 앞에
기웃
기웃
거리네

영남동 할미꽃

꽃들도 이곳에 와선 머리 숙여 피는 사월
죽창 휘두르며 내몬 적 없다 해도
무자년 폭풍의 하늘엔 별이 글썽거렸지

좌향좌 우향우 앞가림도 모르는 그들
산으로 가거나 해변으로 가거나
낱낱이 밝힌 죄목을 산비탈에 펼치며

엉뚱한 길손에게 제 꽃잎 뜯겨나도
울컥울컥 뱉어내 채색이 고운 꽃밭
속도를 반으로 줄이며 고개 숙여 지난다

한라산 진달래

치매성 봄비에 놀라
한라산도 울었구나

새빨간 감언이설에
눈물을 거두는 산

연분홍 양말을 신고
제가 길을 나서네

피다 말고 피다 말고
기억도 까마득해라

발보다 앞선 소문
길가에 질펀하고

파르르 떨던 꽃들이
가던 길을
멈추네

제주까지 들렸다

저장했던 조생 감귤 출하가 시작됐다
믿을 놈 하나 없는 푸념 섞인 원망에도
석 달을 거뜬히 버티고 세상으로 나설 때

구석진 둥지에도 빛은 살아 있었구나
위 칸 아래 칸에 고루고루 번진 햇살
곰팡이 눌러쓴 귤만 조심스레 추렸다

줄서기 등급 따라 매겨지는 얼음판에
걱정 반 기대 반 농사 초년생의 떨림
매일 장 젖은 바닥에 맨몸으로 앉았다

동안거 입심에도 끄떡없이 견뎠단다
전광판 푸른 불빛도 상한가를 쳤다는
경매사 외침 소리가 제주까지 들렸다

우려내기

핏물이 가시도록
끓이고 또 끓였다

뽀얀 국물 한번
우려본 적 없었던

수입산 늙은 어미 소
울음소릴
들었다

노란 개화

모두들 잠들었나, 죽었다 검은 땅에

성스럽게 솟아오른 열일곱 꽃봉오리

동면의 단잠을 깨고 말문 열 듯 벙글 듯

손 위에 손을 얹고 갯벌 속에 뿌리내린
순백의 제단 앞에 고해성사 목이 쉬어
밀봉한 송이송이를 애처롭게 펴 드네

소조기 썰밀물에 녹슨 것은 다 씻기고

해맑간 민낯으로 눈물샘 거둔 햇살

팽목항 철제 난간에 등 기대고 서 있네

청령포 소나무

이쯤에서 용서해요, 그날을 기억해요
눈 감고도 환한 세상 그릴 수도 있어요
이제는 잊어주세요, 허리뼈가 아파요

첩첩산중 영월 땅 서강에 발 담그고
수백 년 머리 숙여 견딜 만큼 견디며
어소를 지켜온 가지가 哀史처럼 휘어요

강물에 수장시킨 은유의 침엽들이
흘러도 흘러가도 멈춤 없는 시간을 건너
몽돌의 무늬가 되어 강변에서 말라요

비양도 해녀콩

이름도 묻지 말라던
몽돌 같은 할머니여

섬에서 태어난 게
사람만은 아니었기

절반쯤 바다 빛깔로
바닷가에 피어서

뭍을 바라보면
눈시울이 먼저 붉고

오기로 긁어모은
바다 농사 자식 농사

연자색 손바닥 위에
섬을 얹어놓았네

맥문동 비가

1
어젯밤 꿈자리에 영덕이 찾아왔다
물놀이 소꿉놀이 어릴 적 벗이었던
산머루 까만 눈망울 말똥말똥 굴리며

줄 세운 교복 치마 차마 입기도 전에
콜록콜록 실바람에 사라져 간 그녀가
해마다 약속도 없이 그 자리에 다시 와

2
작은 키 말라깽이 십 대 소녀 그대로네
해가 더할수록 고와지고 젊어질 뿐
가로등 불빛 아래선 눈빛조차 고왔다

그녀가 다녀간 날은 용각산 냄새가 났다
맨입으로 넘기기엔 끈적끈적 부스럼들
목울대 가슴 조이며 온종일을 앓았다

붉은발말똥게의 집 1

숨을 쉬고 살려면
습한 곳에 지어야지

멸종 이급 판정에도
귀족 대접 부럽지 않아

순천만 붉은발말똥게
숲 속에서 살아요

망둥이와 살아도
달동네가 궁궐이네

엉덩이 치켜들고
까르르 웃던 그들

산책로 세상천지가
몽땅 그들 집이네요

붉은발말똥게의 집 2

'똥겡이'*라 불러도
아장아장 걷는 습관

마당이 부시도록
레드카펫 깔아놓고

목울대 불끈 올리며
강강술래 돌더니

비탈진 논둑일랑
고성 속에 묻어두고

남극성** 들이비치는
쪽문이면 족하단다

강정천 구럼비바위에
문패 하나 달고서

붉은발말똥게의 집 3

구멍 뚫린 정낭으로
바람 숭숭 들어와요

꽃 한 송이 피워야지,
생명수도 심어야지

정 하나 믿고 살았던
이웃들이 고마워

두 눈 질끈 감아도
보일 것은 보이는 법

귀 틀고 입 막아도
들릴 것은 다 들리지

담 너머 떡반 돌리던
그 시절이 그리워

엉겅퀴

페르시아 공주님의 분첩에서 떨어져 나와
산자락에 흘리고 간 가방 속 소품이 하나
부왕의 근심 어린 눈 보랏빛으로 타고 있다

봄여름 다 가도록 고개 한번 숙이지 못해
맴돌다 가는 사람 쳐다볼 수밖에 없는
첫사랑 비밀 편지를 가시인 양 숨기는

살짝 볼에 대어본다, 거울 앞에 세워본다
어색한 손놀림에 햇살 잠시 머무는 오후
스무 살 초입에 앉아 분가루를 털던 님

현재진행형의 시인 김미향

고정국 시인·월간 《시조갤러리》 발행인

양철 지붕 밑에 3년 넘게 살아보지 않고서는 빗소리의 성깔과 실체를 모른다. 장갑도 끼지 않은 손으로 온종일 김을 매보지 않으면 흙의 체온을 헤아리지 못한다. 자연 읽기, 세상 읽기, 자아 읽기 등의 서정의 트라이앵글 갖추기에선 그만치 자기 체험을 중요시한다.

김미향 시조에서는 냉이무침 향이 풍긴다. 등단한 지 7년이 지나도록 중앙 문예지에 작품 한 편 실은 적 없고, 시집 한 권 내지 않고도 시종일관 귤 농사와 시조 농사에 결코 소홀함이 없는 시인, 그녀가 서귀포시 중문동에 산다.

2010년 등단의 과정을 거친 후 올해 《시조문학》 작가상을 받기까지 문예지에 게재된 작품이 단수 한 편이다.

실핏줄 선명한
하얀 등을 내보이며

양 갈래 땋은 머리
목욕탕집 셋째 딸이

마당에 쪼그려 앉아
동전 세고
있었다
−「금낭화」전문

  산지의 돌무덤이나 계곡에 자라는 한 포기 연약한 식물을 노래
한 작품이다. 잎은 어긋나고 잎자루가 길며 세 개씩 두 번 깃꼴로
갈라지는 모습에서 '양 갈래로 갈라서 땋은 목욕탕집 셋째 딸'을
떠올리면서, 금낭 주머니에 동전을 세어 담는 구체성까지 그려놓
는다. 시인은 이처럼 사람의 외적 모양은 물론 내면적 상형문자들
을 주변의 소소한 자연물들에게서 전해 듣는다.
  2011년 당시 제주도 내 아마추어 시인들의 발표 지면인 월간
《시조갤러리》에 발표했던 이「금낭화」가 서울의 한 시인의 눈에
띄었던지, 그다음 해 한국작가회의 시조분과가 뽑은 '좋은 시조'
에 선정되었다. 덕분에 이 시는 전국 독자들에게 다가갈 수 있었
던 유일한 작품이 되었다. 그래서 그녀는 우리 시조단에 낯선 이

름으로 소문(?)나 있다.

여기에 실린 60편이 넘는 시편들은 시인 자신이나 이웃들이 살아가는 모습들을 주변의 자연물들의 이름을 빌려 이야기한 내용들이다.

감귤밭 민박집에 꽃들이 다녀갔다
별꽃이 가고 나자 매화가 뒤를 잇고
명자가 머물다 간 자리 무스카리 들었다

다국적 꽃들조차 환영받는 민박집에
따뜻한 남향으로 오순도순 둘러앉아
삼겹살 소주 한잔에 한통속이 되었지

손짓 발짓 눈짓이면 손짓 발짓 눈짓으로
"오케이 땡큐!" 하면 "오케이 땡큐 땡큐!"
파란 눈 빨간 머리도 토종들과 통하는,

아쉬워라 일박 이일 판 벌려 앉았던 자리
울안에 넘쳐나던 그 향기가 그리웠나
이 년 전 프리지어가 친구들과 또 왔어
―「꽃들의 민박집에」 전문

위 시조에서 감지되는 것처럼 그녀의 작품에는 결코 도시 사람들의 흉내를 내거나 유식한 척하는, 일테면 교언영색巧言令色의 잔재주가 없다.

별꽃, 매화, 명자꽃 등 이름조차 토속적인 꽃들이 시들자, 버터 냄새 풍기는 외래 식물들이 거침없이 들어온다. 이야말로 문화적 혼돈의 조짐들이다. 제주도는 이미 "다국적 꽃들조차 환영받는 민박집"처럼 기상氣象의 합중국, 토양의 합중국, 언어의 합중국에 이어 인종의 합중국으로 변모하는 시점에 있다. 그래서 요즘 제주도 전체가 대공사의 흙먼지에 휩싸여 있다.

사람도 없는 곳에
향기 솔솔 피우던 그대
이 봄날 민낯에도
부끄러움 모르던 그대
엎디어 눈을 맞춰도
본척만척하는
그대

바닥에 빌붙어 살아도
초록빛이 진한 그대
사람에 짓밟혀도
꽃대 다시 내미는 그대

귤나무 가지를 치우다
냉이하고
놀았다
　－「냉이하고 놀았다」 전문

　우리나라에서 강수량이 가장 많은 서귀포는 그 토양이 화산회토
이다. 화산회토는 물리적 특성상 빗물에 쉽게 흘러버린다. 그런데
친환경 재배에는 잡초를 뽑지 않고 초생재배라는 방식으로 장마철
토양을 보호한다. 친환경 농업은 이처럼 과수원에 귤나무와 함께
잡초까지 가꾼다. 결국 그 일년생 잡초들은 한 해가 지나면 토양의
유기물 공급원이 되면서, 잡초와 시인은 한 식구가 된다. 그 잡초 중
의 한 종류인 '냉이'가 김미향의 시를 통해서 우리에게 다가왔다.
　일반적인 삶의 목적이 '행복'이라면, 행복은 부유한 삶에도 가
난한 삶에도 있지 않다. '적당히 갖고' '가난한 듯 사는' 게 여유로
운 삶이며, 이것이 행복의 첫째 조건이라는 것을 냉이에게서 전해
듣는다.
　작가 이외수는, 인간에게 아부하지 않는다는 이유로 이러한 풀
들에게 '잡초'라 이름하여 '잡것' 취급을 한다고 했다. 그러나 녀석
들은 결코 인간 세상에 대해 불평불만을 갖지 않는다. 인간들의 눈
밖에 나 있으므로 저들에게 굽실거릴 필요도 없다. 그래서 잡초들
은 빗물만 마시고도 국토의 표면을 지키는 데 제 몫을 다한다. 돈
과 권력과 명예라면 사족을 못 쓰는 인간들보다, 차라리 야생화 앞

에 턱을 괴고 앉아 노닥거리는 시인의 옆모습이 냉이처럼 귀엽다.

진즉에 알아봤지
십중팔구 헛꽃인 걸

오월 미풍에
소리 없는 이별이듯

감귤꽃 진한 향기만
거미줄에
맺혔네
－「낙화기」 전문

시인의 고향이며 감귤 주산지인 서귀포시 중문동은 5월 중순이면 귤꽃 만개기에 해당한다. 혹시 이때 이 지역에서 올레 걷기라도 한다면 그 달콤하고 짙은 귤꽃 향기에 취하고 말 것이다. 감귤이 비록 환금작물로 제주도 경제의 주력 작목이라 하지만, 귤나무는 귤열매만 생산하는 것이 아니라, 5월 한철 제주도 전역에 넘쳐나는 귤꽃 향기도 내뿜는다는 것을 잊어서는 안 된다. 이 또한 관광자원이다.

그러나 안타깝게도 귤꽃은 대부분 낙화하고, 열매까지 도달할 수 있는 비율은 고작 10%를 넘지 못한다. 그런데 여기, 이 「낙화

기」는 '오월 → 귤꽃 → 미풍 → 향기 → 낙화 → 거미줄 → 꽃잎'
의 도식圖式을 이룬다. 그리고 이 도식을 시인은 '오월 → 미풍 →
사랑 → 이별 → 눈물'로 환치한다. 귤꽃처럼 헤픈 '사랑의 인플
레' 시대를 노래하면서도, 마지막에 가선 5월 아침 거미줄에 걸린
하얀 꽃잎이나 이슬방울을 떠올리면서 사랑의 아름다운 여운을
빠뜨리지 않는다. 사회적 상식을 강조하고 도덕군자 흉내를 내는
이 시대 지도층의 사람들은, 사랑을 부질없는 생의 낭비나 허무로
몰고 갈 것이다. 그러나 시인에게 헛되이 낭비되는 체험이나 삶은
없다. 살갗 깊이 박힌 한라봉나무의 가시 때문에 아프지만, 농부
시인은 그 아픔을 한 송이 향기 짙은 시편으로 승화시켜나간다.

매화 지고 난 자리 옹알이가 간지러워
만천하에 공개된 뜨거웠다, 밀교의 방
딱 한 번 절정의 순간, 씨앗에 가 닿은 뜻

가타부타 변명 따위 다시 뱉지 않으리라
화르르 비 그치면 드러날 생명의 빛
순순히 고백할 말들이 가지가지 넘친다

다디단 열매들은 남아 있는 자들의 몫
물러날 때를 아는 눈빛 누런 꽃잎이여
간절기 경계에 서서 봄을 먼저 맞는다

준비한 그릇만큼 준비한 크기만큼

온 천지 사방팔방 보태주고 덜어주다

덮다가 남은 햇살이 귤밭으로 쏟아져

—「매화 진 후」 전문

한 종류의 풀꽃이 또 다른 종류의 뒤를 이으면서, 세상의 모든 사건과 사물들은 서로에게 징검돌 구실을 한다. 그리고 시인은 유형무형의 체험을 바탕으로 그 존재 이유를 규명해내려 애쓴다.

꽃의 만개기는 바야흐로 자체의 성적 에너지가 최고조에 달했음을 세상에 알리는 시기이기도 하다. "만천하에 공개된" "밀교의 방"에서 절정의 순간을 거치면서 마침내 또 하나 생명의 빛으로 이어지는 꽃들의 숙명! 이 절정의 순간이 지난 꽃잎은 제 빛깔을 잃고 누렇게 변색한다. 그 변색의 형태를 보고 "물러날 때"라고 시간적·공간적인 경계선을 긋는다. 이 무렵 태양 빛은 지상의 모든 식물의 잎사귀의 크기에 따라 햇살을 보태고 또 덜어준다. 당초 이 작품은 매화꽃에 대한 개화나 낙화를 다룰 듯이 접근했다가, 매화꽃이 다 이우는 3월이 되어서 마침내 귤밭으로 왈칵 쏟아지는 봄 햇살을 찬양하고 있다.

이 리터 물 마시고 사 리터 땀을 쏟는

복중 하우스에 숨이 턱턱 막히는 오후

나 나 나, 초록 손들이 나의 손을 잡는다

시작이 반이라고? 웃기고 자빠졌네!
끈 하나 열매 하나 이 악물고 다진 나날
열네 동 연동 하우스가 고비사막 같구나

다디단 추수를 위해 휠 만큼은 또 휘리라
삼천리 방방곡곡 사랑의 택배를 띄우리라
글 농사 한라봉 농사에 친환경을 보태어
－「한라봉 이야기 4」 전문

요즘 소비자들에게 인기 있는 감귤 열매라면 단연 한라봉을 꼽는다. 그러나 이곳에 정성을 쏟는 한라봉 농가의 여름은 고통의 나날이다. 섭씨 40도에 가까운 비닐하우스 안에서 사다리에 올라 열매 하나하나에 햇빛이 닿도록 비닐 끈으로 매다는 작업을 해야 한다. 감귤계의 최고 권좌를 누릴 만큼의 이 한라봉 품질은 그냥 자연 상태만으로는 어림없다. 온도 관리, 수분 관리는 물론 줄기의 수분 이동이나 빛 관리에 이르기까지 사람의 피나는 손길을 요구한다. 그 노동의 어려움을 시인은 "이 리터 물 마시고 사 리터 땀을 쏟는"으로 요약해낸다.

농부 시인들에게는 삼농주의三農主義 원칙이 있다. 바로 자식 농사, 밭농사, 그리고 작품 농사이다. 어쩌면 최선이란 낱말이 이

곳에서 탄생했을지도 모른다. "다디단 추수를 위해 휠 만큼은 또 휘리라 / 삼천리 방방곡곡 사랑의 택배를 띄우리라 / 글 농사 한라봉 농사에 친환경을 보태어". 아닌 게 아니라, 김미향 시인이 생산한 감귤 품질은 이미 소비자들에게 정평이 나 있다. 그리고 그녀가 쓴 시조는 우리 시조단보다 오히려 감귤 택배를 주문하는 소비자들이 더 잘 안다. 그리고 여류 시인에게서는 좀처럼 접할 수 없는 짧고 굵은 한마디, "시작이 반이라고? 웃기고 자빠졌네!".

이 작품에서 우리는 '친환경은 유기농'이라는 안일한 해석에 머물러서는 안 된다. 친환경이라는 어휘와 멀찌감치 거리를 두고 조용히 자리하고 있는 '자연'을 만나야 한다. 아름다움, 멋스러움 등에는 수식어가 필요치 않다. 그냥 '그 자리 그 자체만으로의 알맞음' 이것이야말로 자연이며 하늘의 모습이며 우주적 언어인 셈이다. 이처럼 자연은 시인에게 다가와 온갖 표정을 지으면서 맘껏 모방하고 표절하라고 다 풀어준다.

천제연폭포에는
아빠 몰래 내려온

일곱 빛깔 처녀들
수다가 한창이다

풀어논 사금파리가

반짝반짝 빛나고

타고 온 렌터카는
물속에 잠겼는지

미녀들 웃음소리
그칠 줄 모르는 밤

벗어논 날개옷들만
출렁출렁 흐른다
－「밤의 의태어」전문

　시인이 사는 근처에 중문 천제연이라는 3단 폭포가 있다. 이미
야간 관광 명소로 잘 알려진 이곳엔 밤과 낮이 따로 없다. 한여름
밤이면 "아빠 몰래 내려"와 멱을 감는 일곱 빛깔의 선녀들 웃음소
리가 그치지 않는다. 그 웃음소리가 마치 하늘이 풀어놓은 사금파
리로 반짝반짝 빛이 나는가 싶더니, 어느새 선녀들이 벗어놓은 날
개옷으로 바뀌면서 출렁출렁 물줄기에 실린다. 한곳에 내린 달빛
이 이처럼 각양각색의 무늬를 이루는 이 작품에서 한 편의 유화
속으로 빠져든다.
　김 시인의 자연관은 식물에게만 의존돼 있지 않다. 매미, 달팽

이, 게, 조류 등 주변의 미물들에게 눈길을 돌려 저들의 모습에서 현대인의 삶의 형태를 조명하기도 한다.

언제부터인가 회식 문화가 창궐하면서 밤과 낮의 경계선이 모호해져 버렸다. 그래서일까, 땅속에서 7년을 굼벵이로 지내다가 7일간 목청과 날개를 달고 세상 밖으로 나와 짝짓기를 하고, 결국 나뭇가지에 알을 낳고 죽는 매미의 숙명을 그린 「매미들의 야간회식」이 재미있다. 그 와중에 매미들이 사람 가까이에 다가와 사람처럼 목소리를 높이는 것을 본다.

> 어젯밤 술자리에 남자들도 저러했다
> 목소리 키 재기가 늦은 창을 넘나들며
> 뜻 모를 재생 반복만 신호처럼 보낸 밤
>
> 길 건너 머귀나무도 해종일을 울었단다
> 맴맴 쓰르랑 맴맴 쓰르랑
> 맴맴맴맴 또 쓰르랑
> 똑같은 모스부호에 나무들도 지쳤지
>
> 섭리일까 숙명일까, 운다 운다 말을 하고
> 노래한다 노래한다 웃으며 지나지만
> 벙어리 냉가슴에는 불꽃들이 일었다

몇 순배 수다가 하늘 끝에 가 닿았고
진실의 목소리가 남김없이 드러날 때
가로수 매미 녀석이 먼저 취해 있었다
　　－「매미들의 야간 회식」 전문

　귀 기울여주지 않으면 그 목청이 커지고, 눈여겨 봐주지 않으면
그 몸짓이 커진다. '수다'라는 낱말은 여자들 전유물 같지만, 천만
의 말씀이다. 회식 자리에서 한두 잔 취기가 오르면서 뭇 사내들
의 목청은 하늘을 찌르기 시작한다. 매미들도 7일이라는 한정된
기간에 기필코 제 짝을 만나야 한다는 절박감 속에 사력을 다해
운다. 그게 밤이건 낮이건 햇빛이건 불빛이건, 여름 내내 빛이 있
는 곳이라면 찾아가 짝을 찾아 울어댄다.
　그렇다면 집도 절도 없는 민달팽이는 또 어떤가. "야행 촉을 세
우고" "동체로 착지"하는 민달팽이의 길은 차라리 눈물겹다.

　깨고 보면 한세상
　사는 것이 똑같구나

　늘리고 가늠해도
　서쪽으로 사위는 길

　동체로 착지를 한다

야행 축을 세우고

시멘트 바닥에다
실크로드 길을 낸다

손도 발도 없이,
집도 절도 하나 없이

동아줄 그보다 환한
육필 한 획
그으며
−「민달팽이의 길 2」전문

　"시멘트 바닥"의 "실크로드" 같은 길을 가다가 문득 "육필 한
획"으로 마무리 짓는 민달팽이의 행선지가 궁금하다. 민달팽이는
비행기의 동체 비상착륙처럼 각목 끄트머리에서 떨어진 다음에
도 묵묵히 시멘트 바닥에 "실크로드 길을 낸다". 결국 몸으로 획
을 긋는 민달팽이의 생존 방식에는 신중성과 느림과 무언실천의
철학이 숨어 있다는 것을 시인은 본다.
　인간 중심적 사고에서 진화론을 펼친 다윈과는 달리 식물 입장
에서 진화론을 펴낸 마이클 폴란은, 생명은 어느 곳에서 보아도

신비롭다는 것을 확인시켜주면서 공진화라는 카드를 꺼내 든다. 식물이 처음에는 자기가 손해를 보면서 상대에게 이익을 가져다주는 것처럼 보이지만, 결국에는 자신이 챙길 것은 전부 챙겨 간다는 것이다. 그리고 여기, 시인은 동식물에 국한하지 않고 '모든 것은 모든 것을 위해 준비되어 있는 준비물에 다름 아니다'라는 것을 생각하게 한다. 그것은 앞에 살짝 거론했던 '시인에게는 그 어떤 체험이나 삶도 헛된 것이 없다'는 주장과 맥을 같이한다.

철학가가 스스로 생각하는 사람이라면, 시인은 사람을 불러 세워 생각하게 하는 존재임에 틀림없다. 우리는 여기에서 학문과 예술의 갈림길을 발견하게 된다. 학자가 논리의 길을 더듬는 존재라면, 시인은 감각의 솜털을 더듬는다. 그래서 시인은 '민달팽이의 길'을 쓰고 이처럼 사람의 발길을 멈춰 세우고 있는 것이다.

초여름부터 늦가을까지 농촌 골목 돌담은 호박 줄기의 세상이면서 생명으로 넘쳐난다. 줄기가 자라고 암꽃과 수꽃이 다투어 핀다. 농촌 처녀들이 하나 둘 도시로 떠나면서 다문화 가정이 자연스레 생겨나고 있다. 그리고 어느 날, 시인의 마당 안으로 솜털 보송보송한 길림성 새댁이 호박꽃 암꽃송이의 모습으로 아침 인사를 왔다. 노랗게 조선족 말투로 인사하면서.

길림성 새댁이 아침 인사 오셨나
솜털 보송보송 꽃술 길게 내밀며
노랗게 조선족 말투가 마당 안을 밝힌다

헛손질 서너 번에 묶여버린 역마살처럼
금줄 하나 넘지 못해 가을볕에 목이 타는
넝쿨손 성대를 풀어 가다듬는 저 목청

전화선 줄기 따라 더듬대던 타향살이
연년생 연작에도 토실하게 살이 오른
또 한번 만삭의 가을을 고향으로 띄운다
─「호박손의 가을」 전문

　"연년생 연작에도 토실하게 살이 오른 / 또 한번 만삭의 가을을
고향으로 띄운다"는 이 작품에서도 호박이라는 식물 이름을 빌려
은근슬쩍 시대상과 사회상을 그려내고 있다. 이처럼 시인은 시대
중심에서 현재진행형의 접근법으로 시조, 즉 시대의 노래에 목청
을 가다듬고 있다.

　"날씨가 변덕이라 올해 농사 흉작이야…"

　한 줄 문자에다 중문 소식 전해주자

　"그래도 너의 詩처럼

시들어도 달았어!"

　　−「詩들어도 달았어!」 부분

　마음의 문을 조용히 열고 자연 속에 눈길이 멎었을 때, 자연은 시인에게 그 지혜의 물방울을 방울방울 떨어뜨린다. 아름다운 삶에는 반드시 '홀가분의 철학'이 있는 것처럼, 한 줄의 문장에도 이 '홀가분의 미학'이 있을 것이다. 아름다운 문장은 결코 많은 말을 하지 않는다. 그게 어쩌면 시조의 백미인 것 같다.

　뒤늦게까지 저장해두었던 귤을 지인에게 보내면서 문자메시지도 한 줄 띄운 모양이다. 그러자 그 귤과 문자를 받은 지인의 답이 "그래도 너의 詩처럼 / 시들어도 달았어!" 하고 시가 되어 돌아왔다. 시인들 주변엔 이처럼 감각과 멋이 있는 사람들이 꽤나 있는 모양이다.

　밤과 낮, 봄 여름 가을 겨울……, 모든 생명을 키우고 사랑하기 위해 한시도 쉬지 않고 전력을 다하는 하늘의 고마움을 농부 시인은 잊지 않는다. 귤 농사도 친환경 농법으로 짓듯이, 시조 농사에도 어쩌면 친환경보다 더 질박하고 원시적인 농사 방식을 적용하는 듯한 느낌을 그녀의 작품에서 감지할 수 있다. 그리고 여기,

　꽃들도 이곳에 와선 머리 숙여 피는 사월

　죽창 휘두르며 내몬 적 없다 해도

　무자년 폭풍의 하늘엔 별이 글썽거렸지

좌향좌 우향우 앞가림도 모르는 그들
산으로 가거나 해변으로 가거나
낱낱이 밝힌 죄목을 산비탈에 펼치며

엉뚱한 길손에게 제 꽃잎 뜯겨나도
울컥울컥 뱉어내 채색이 고운 꽃밭
속도를 반으로 줄이며 고개 숙여 지난다
　－「영남동 할미꽃」 전문

　진실은 가장된 애정보다 아름답다. 당신의 정신 중심에 자리한 선함, 즉 아름다움에는 악의와 허영에 맞선다는 날카로움도 분명 있을 것이다. 그렇지 않다면 그건 참된 선함도, 참된 아름다움도 아니다.
　우리는 가끔 '촌철살인寸鐵殺人'이라는 어휘를 만나면서, '나의 글에는 악의 또는 불의에 대항할 수 있는 촌철寸鐵이 숨겨져 있는가'를 돌아보게 된다. '촌철'이란 선善의 중심적 명제이면서 기본적 삶의 바탕에 자리하는 양심의 척도이기 때문이다. 그러한 정신이 결여된 예술은 에머슨의 한마디처럼 이미 "악의와 허영을 뒤집어쓴 자선의 외투"와 같다. 촌철이 없는 문장에는 결코 감동이 따르지 않는다. 그런데 그 촌철은 깊고 먼 데 있지 않고 바로 당신 눈앞에 있는 한 점의 티끌에도 있다는 점을 명심하라. 그것을 찾아내는 것이 바로 시인의 눈과 귀와 코이다. 아이 같은 마음이라야 그게 보인다며 시인은 작품 전편을 통해 우리에게 속삭여주고 있다.

제주 여류 시인들의 특징이 있다면, 근현대사에 대한 관심과 접근이 남다르다는 점이다. 시인들 주변엔 아직도 4·3사건을 몸으로 체험했던 가족들과 친지들이 있다. 팔다리나 허리에 죽창 찔린 자국과 총상의 흉터를 지니고 사는 사람들이 퍼렇게 살아 있는데 어찌 이에 무심할 수 있겠는가. 이들은 4·3사건을 단순히 한 지역의 분쟁이나 한반도의 문제로만 보지 않고, 동북아 또는 세계사적 관점에서 통시적 안목으로 인식하고 있다. 여기 이웃 마을 강정 해군기지 건설 반대, 세월호 사건과 관련한 슬픔과 아픔, 광화문 촛불 행진도 함께하고 있음을 그녀의 시집에서 찾아볼 수 있다.

시인은 현재 젊은시조문학회 회장 및 월간《시조갤러리》운영 위원으로서 평소 지극히 낮은 발소리로 주변 후배나 이웃들에게 시조 마당을 펼쳐주고 있다. 농부 시인 김미향의 삶의 모습이 그래서 더욱 아름답다.

등단 7년 만의 첫 시집 『냉이하고 놀았다』의 상재 앞에 아름 가득 마음의 꽃다발을 드린다.